# TOUT SEUL
## *dans le noir*

*Agnès dédie cet album à Laure, Victor, Joséphine.*

Mes premiers albums qui font peur

# TOUT SEUL dans le noir

Agnès Soulez Larivière et Ludovic Sallé

MicMac ÉDITIONS

Dans son lit, petit Tom se blottit contre sa maman. Il ouvre grand les yeux. Elle lui raconte une histoire qui fait peur… une histoire de fantôme.

– *Voilà, c'est fini ! Bonsoir mon chéri, lui dit sa maman. Je sors avec papa, je reviens très vite. Ton grand frère est en bas dans le salon et nous, chez les voisins.*

Elle borde petit Tom, elle l'embrasse sur le front et laisse un filet de lumière passer à travers la porte de la chambre. Il entend sa maman descendre l'escalier et

claquer la porte d'entrée.

La chambre de Tom est calme. Le voilà seul avec son frère pour la première fois dans la maison. Il entend le vent qui siffle et fait claquer les volets.

– Zut ! *dit Tom, maman a oublié de fermer les volets. Et la lumière du couloir me gêne pour dormir.*

Tom allume la petite lampe sur sa table de nuit et va éteindre celle du couloir. Avant de se recoucher, il regarde ses jouets une dernière fois. Avec toutes ses peluches et ce désordre, il ne manque pas de compagnie mais il se sent seul.

Seul comme abandonné au milieu de la grande toundra de Sibérie.

Tom jette un dernier regard dans la pièce et éteint sa petite lampe. Il fait noir. Le vent siffle toujours.
Impossible de s'endormir. Tom a les yeux grands ouverts.
Tout à coup, Tom s'écrie :

*– Là ! Tout proche de mon lit ! Sur le sol !*
*Qui rampe vers moi ! Il arrive ! Il ondule ! Un serpent !*

*Un serpent qui va me cracher son venin !*

*Au secours !*

Tom, pris de panique, allume la petite lampe.
Il éclate de rire :

*– Que je suis bête ! Mais non ! Voyons !*
*Ce serpent…*
*c'est ma ceinture que j'ai laissée traîner*
*dans ma chambre !*

*Ouf, j'ai eu peur !*

Et Tom éteint la petite lampe.

De nouveau, l'obscurité et les grands yeux de Tom fouillent tous les recoins de la chambre.
Il frisonne soudain :

– *Et là ? Sur mon bureau !*
*Deux yeux blancs qui luisent dans le noir*
*et qui m'observent ! Deux yeux globuleux ! Terrifiants !*
*Une araignée géante !*
*Elle vient pour me piquer !*
*À l'aide !*

Tom se jette sur sa petite lampe.
Il éclate de rire :
– *Que je suis bête ! Mais, voyons !*
*Ce sont les yeux de mon robot.*
*Ouf, j'ai eu peur !*

Et Tom éteint de nouveau la petite lampe.

Le vent siffle fort. Dehors, les arbres grincent.
On dirait que les rideaux bougent. Soudain, Tom s'écrie :

– *Oh ! Et là !*
*Ce monstre qui se rapproche, qui se rapproche !*
*Avec ses longues dents pointues !*
*Un crocodile !*
*Un crocodile qui vient me dévorer tout cru !*
*Au secours ! Viiite !*

Tom rallume la petite lampe.
Il éclate de rire :

– *Que je suis bête !*
*Mais non… c'est le grand livre d'histoires*
*qui est mal fermé !*
*Ouf, j'ai eu peur !*

Tom jette un coup d'œil sous le lit,
vérifie qu'il n'y a personne et *éteint*
*de nouveau la petite lampe*.

Il est un peu rassuré. Ses yeux se ferment à moitié quand il entend
le parquet de la maison grincer…
*Des bruits de pas derrière la porte.*
*Quelqu'un est là, juste derrière. Un voleur !*
*Pourvu qu'il ne vienne pas dans la chambre !*

Alors petit Tom se cache sous la couette et s'arrête de respirer.
La porte grince doucement. Il glisse un œil dehors.
Une ombre comme une grande robe blanche se dirige vers le lit.
– *On veut me tuer !*

*Au secours ! J'ai peur !*

Sa main attrape le bouton de la petite lampe.

Il éclate de rire :
– *Que je suis bête !* Mais c'est maman !
*Maman, arrête de jouer au fantôme !*

– *J'ai oublié mon sac, mon chéri.*
*Je ne t'ai pas fait peur au moins ?*

– *Quoi ? Moi ! pas du tout !*
*Maman…, laisse la lumière dans le couloir !*

– *Oui, mon chéri, mais pas avant de te faire*

*un gros bisou.*

Direction éditoriale : Sylvie Désormière
Direction artistique : Elisabeth Ferté, Agence Rouge Graphique
Correctrice : Camille Melkiès


www.editions-micmac.com
ISBN : 978-2-36221-000-6
Dépôt légal : avril 2013.

Conforme à la loi n° 49-956 du 16 juillet 1949
sur les publications destinées à la jeunesse.
Imprimé en Italie.